universos afins

RAINBOW ROWELL

UNIVERSOS AFINS

novo século®

São Paulo, 2017

COORDENAÇÃO EDITORIAL
Vitor Donofrio

EDITORIAL
Giovanna Petrólio
João Paulo Putini
Nair Ferraz
Rebeca Lacerda

GERENTE DE AQUISIÇÕES
Renata de Mello do Vale

TRADUÇÃO
Acácio Alves

PREPARAÇÃO DE TEXTO
Marcia Men

EDIÇÃO DE TEXTO
Vitor Donofrio

REVISÃO
João Paulo Putini

P. GRÁFICO, CAPA E DIAGRAMAÇÃO
Vitor Donofrio

Texto de acordo com as normas do Novo Acordo Ortográfico da Língua Portuguesa (1990), em vigor desde 1º de janeiro de 2009.

Dados Internacionais de
Catalogação na Publicação (CIP)

Rowell, Rainbow
Universos afins
Rainbow Rowell; [tradução Acácio Alves].
Barueri, SP: Novo Século Editora, 2016.

Título original: Kindred Spirits

1. Literatura norte-americana 2. Literatura fantástica I. Título II. Alves, Acácio

16-1543 CDD-813

Índice para catálogo sistemático:
1. Literatura norte-americana: Fantástica 813

NOVO SÉCULO EDITORA LTDA.
Alameda Araguaia, 2190 – Bloco A – 11º andar – Conjunto 1111
CEP 06455-000 – Alphaville Industrial, Barueri – SP – Brasil
Tel.: (11) 3699-7107 | Fax: (11) 3699-7323
www.novoseculo.com.br | atendimento@novoseculo.com.br

SEGUNDA-FEIRA

14 DE DEZEMBRO DE 2015

Duas pessoas já estavam sentadas do lado de fora do cinema quando Elena chegou lá, então ela não seria a primeira da fila. Mas ok. Ela ainda estava lá – ainda iria *fazer aquilo*.

Ela agarrou o saco de dormir e a mochila que havia enchido com livros, comida e lenços antibacterianos, e saiu do carro o mais rápido que pôde; parecia que sua mãe faria uma última tentativa de convencê-la a desistir daquilo.

Ela abriu a janela para franzir a testa para Elena diretamente.

– Eu não vejo nenhum banheiro químico.

Elena tinha dito que haveria um banheiro químico.

– Eu me viro – respondeu Elena discretamente. – Esses caras estão se virando.

– Eles são homens – enfatizou sua mãe. – Podem fazer xixi em qualquer lugar.

– Eu seguro.

– Por quatro dias?

– Mãe – disse Elena. E o que ela queria dizer era: *Já superamos isso. Conversamos sobre isso por semanas e semanas. Sei que você não aprova. Mas vou fazer do mesmo jeito.*

Elena largou seus pertences na calçada, atrás de um garoto alto e branco que era o segundo da fila.

– Ok – disse alegremente para a mãe. – Eu já estou aqui. Te vejo na quinta!

Sua mãe ainda franzia a testa quando respondeu:

– Te vejo depois do almoço. – Em seguida, fechou a janela do carro e foi embora.

Elena voltou para a fila, abrindo o seu melhor sorriso de primeiro-dia-de-aula. O cara ao seu lado – que parecia ter mais ou menos a idade dela, dezessete ou dezoito anos – não levantou a cabeça. O primeiro da fila era um cara grande e branco, com uma barba loira. Parecia velho o bastante para ser um dos professores de Elena, e estava sentado numa cadeira de camping dobrável, os pés apoiados em um refrigerador gigante.

– Ei! – disse ele animadamente. – Bem-vinda a Star Wars, garota! Bem-vinda à fila!

Esse, ela logo descobriu, era Troy. Ele estava na fila desde quinta de manhã.

– Eu queria investir pelo menos uma semana nisso, sabe? Queria estar focado apenas nisso.

O cara mais novo, Gabe, tinha entrado na fila na quinta à noite.

– Teve um casal que ficou com a gente no sábado por algumas horas – disse Troy –, mas a menina esqueceu os óculos de sol, daí voltaram pra casa. Fracos!

Elena não tinha trazido óculos escuros. Ela espremeu os olhos para o sol.

– Imagino que esta seja sua primeira fila – disse Troy.

– Como você sabe? – perguntou ela.

– Eu simplesmente sei – disse ele, dando uma risadinha. – Eu sempre sei. Também é a primeira fila de Gabe.

– A gente tinha oito anos quando o último filme de Star Wars foi lançado – disse Gabe, sem tirar os olhos de seu livro.

– *A vingança dos Sith*! – disse Troy. – Aquilo não foi bem uma fila, de qualquer maneira. Não foi nenhum *Império*.

– Nada é – disse Elena.

O rosto de Troy ficou sombrio.

– Tenho que concordar.

***

Tudo certo, mas… ela esperava que houvesse mais pessoas ali.

O grupo do Facebook que ela tinha encontrado – Acampamento Star Wars: Omaha!!! – tinha 85 membros, sem contar Elena, que era mais uma observadora do que uma participante. Este era definitivamente o cinema certo; os posts no Facebook tinham sido bem claros. (Talvez fosse Troy quem os publicara.)

Elena tinha planejado continuar sua estratégia mais observadora do que participante na fila. Ela imaginou que iria chegar e, em seguida, meio que desaparecer na multidão até encontrar seu ponto de apoio. Seu ponto na fila. Essa era uma estratégia muito boa para a maioria das situações sociais: aparecer, recuar para o pano de fundo, deixar alguém quebrar o gelo ou ser o centro das atenções. Alguém sempre o faria. Sempre se podia confiar nos extrovertidos.

No entanto, mesmo uma "meio-trovertida" profissional como Elena não poderia simplesmente se esconder em uma multidão de três. (Embora esse tal de Gabe parecesse estar tentando.) Elena ficaria ali por quatro dias. Teria de *conversar* com essas pessoas, pelo menos até que outras aparecessem.

– Tá muito frio pra você? – perguntou Troy.

– Na verdade, acho que estou agasalhada até demais – respondeu Elena.

Ela estava vestindo três camadas de roupa da cintura para baixo e quatro da cintura para cima, e ainda tinha um casaco grosso e fofo caso precisasse. Se a temperatura caísse perigosamente – o que seria inevitável durante um mês de dezembro habitual em Omaha –, ela teria que voltar pra casa. No entanto, a previsão era de clima bastante ameno. (Obrigada, aquecimento global?)

– No que estavam pensando quando marcaram o lançamento deste filme para dezembro? – disse Troy. – Com certeza não era na gente. *Maio*. – disse ele, balançando a cabeça. – Maio é o mês pra se lançar um filme de Star Wars. Se este fosse um filme de maio, a fila já estaria dando a volta no quarteirão.

– Sorte nossa, acho – disse Elena. – Conseguimos ser os primeiros.

– Ah, eu seria o primeiro de todo jeito, não importa como – disse Troy. – Eu tô aqui pra isso, sabe? – Ele colocou as mãos em torno dos lábios e gritou: – Eu tô aqui pra isso!

Eu também, pensou Elena.

***

Elena não conseguia se lembrar da primeira vez que tinha visto um filme de Star Wars... Da mesma maneira que não conseguia se lembrar da primeira vez que havia visto seus pais. Star Wars sempre *esteve ali*. Ela tinha um Chewbacca de pelúcia em seu berço.

Os filmes da trilogia original eram os favoritos de seu pai – ele os sabia praticamente de cor –, então, quando Elena era pequena, quatro ou cinco anos, ela dizia que também eram seus filmes favoritos. Porque ela queria ser exatamente igual a ele.

E aí, quando ficou mais velha, começou a realmente compreender os filmes. Como se eles passassem de algo que Elena podia recitar para algo que ela podia *sentir*. Tomou posse deles. E então continuou tomando posse deles. Por mais que Elena mudasse ou crescesse, Star Wars parecia estar lá para ela de uma nova maneira.

Quando ela soube que haveria sequências – sequências de verdade, com Han, Leia e Luke –, ela enlouqueceu. E foi então que decidiu entrar na fila.

Ela não queria perder este momento. Não apenas este momento no mundo, mas este momento *em sua vida*.

Se alguém partisse o coração de Elena, Star Wars escorreria lá de dentro. Este era um dia sagrado para ela – era um evento cósmico. Eram seus planetas se alinhando (Tatooine, Coruscant, Hoth).

E ela estaria lá para isso.

***

O pé esquerdo de Elena estava dormente.

Ela ficou chutando a calçada, depois se levantou para saltitar no lugar.

– Sua perna já dormiu de novo? – perguntou Troy. – Tô preocupado com a sua circulação.

– Tá tudo bem – disse Elena, batendo o pé.

Ela só estivera sentada por duas horas, mas estava tão entediada que mal podia suportar. Literalmente mal podia suportar; até seus vasos sanguíneos estavam entediados.

Ela tinha trazido um monte de livros. (Planejara ler os livros de Star Wars sempre que tivesse um momento tranquilo na fila – ou seja, todo instante até então.) Mas o vento ficava soprando as páginas, e o papel era tão claro sob o sol, que ler fazia seus olhos lacrimejarem.

Nada disso parecia incomodar o silencioso Gabe, que lia o seu livro de bolso sem parecer se preocupar com o sol, com o tráfego, com Troy, Elena ou com a mãe de Elena, que passava dirigindo lentamente, como alguém que tenta comprar drogas.

A “Marcha Imperial” começou a tocar e Elena atendeu ao telefone.

– *Por que eu não te pego agora?* – perguntou sua mãe. – *Você pode voltar depois, quando tiver mais garotas aí.*

– Eu tô bem – disse Elena.

– *Você nem ao menos conhece esses homens. Eles podem ser predadores sexuais.*

– Este não parece um lugar muito bom para buscar presas – sussurrou Elena, olhando para Gabe, que continuava absorto em seu livro. Ele era pálido, com cabelos encaracolados da cor de leite com chocolate e bochechas rosadas. Parecia um primo magro de Clark Kent.

– *Você sabe que precisa ser extracuidadosa* – disse sua mãe. – *Você parece tão jovem.*

– Já conversamos sobre isso – disse Elena.

Elas tinham conversado sobre isso muitas vezes:

"Você parece ter doze anos", dizia sua mãe.

E Elena realmente não podia argumentar. Ela era pequena e baixa. Podia comprar roupas na seção infantil. E o fato de ser vietnamita parecia desorientar ainda mais as percepções de não asiáticos sobre ela. Ela era sempre confundida com uma criança.

Contudo, o que podia fazer a respeito? Agir como uma criança até que parecesse uma adulta? Começar a fumar e passar muito tempo ao sol?

"Não é porque eu pareço ter doze anos que você pode me tratar como se eu tivesse doze anos", dizia Elena. "Vou pra faculdade no ano que vem."

– *Você me disse que teria outras garotas aí* – disse sua mãe.

– E vai ter.

– *Muito bem. Eu trago você de volta depois que elas chegarem aí.*

– Tenho que desligar – disse Elena. – Tô tentando economizar a bateria do meu celular.

– *Elena...*

– Eu tenho que ir! – Elena desligou.

***

Os primeiros funcionários do cinema começaram a aparecer em torno das catorze horas. Um deles, que parecia ser o gerente – um cara hispânico de uns trinta anos, vestindo calça marrom e uma gravata combinando –, parou em frente à fila e cruzou os braços.

– Então temos mais um na fila, hein?

Elena sorriu.

Ele não sorriu de volta.

– Você sabe que pode comprar o seu ingresso on-line, não é?

– Já comprei o meu ingresso – disse Elena.

– Então você tem um assento garantido. Não precisa esperar na fila.

– Hum, tudo bem – disse Elena.

– Você não pode convencê-la a sair daqui – disse Troy. – Ela é uma verdadeira fã de Star Wars.

– Não estou tentando convencer ninguém a sair de lugar nenhum – disse o gerente, parecendo irritado. – Estou apenas explicando que isto é um gesto desnecessário.

– Todos os melhores gestos são – disse Troy. – Agora abra as portas. Minha bexiga está prestes a explodir.

O gerente suspirou.

– Eu não preciso permitir que você use o banheiro, sabe...

– Desista, Mark – disse Troy. – Eles tentaram isso durante *A ameaça fantasma* e também não funcionou.

– Eu deveria fazer você ir a pé até o Starbucks – disse o gerente, caminhando em direção às portas da frente para abri-las.

Troy se levantou e fez uma grande demonstração de alongamento.

– Vamos revezar – disse ele a Elena – na ordem da fila.

Ela assentiu.

O gerente, Mark, segurou a porta para Troy, mas ele ainda olhava para Elena.

– Seus pais sabem que você está aqui?

– Tenho dezoito anos – disse ela.

Ele pareceu surpreso.

– Bem, tudo certo, então. Acho que você tem idade suficiente para desperdiçar seu próprio tempo.

Elena esperava que Gabe se abrisse um pouco enquanto Troy estava fora. Estiveram sentados um ao lado do outro durante horas, e ele só tinha dito algumas palavras. Ela pensou que talvez ele estivesse tão quieto porque não queria que Troy viesse com uma de suas histórias. (Troy tinha *tantas* histórias – ele tinha acampado em todas as estreias de um filme de Star Wars desde *O Império contra-ataca* –, e estava claramente satisfeito por ter um público cativo.)

Porém Gabe, com seu casaco de marinheiro azul-marinho e óculos cinza-escuro, simplesmente ficou ali sentado, lendo sobre a história da poliomielite, ignorando-a.

Quando Troy voltou com um saco de pipoca extragrande, Gabe acenou para Elena.

– Vai lá.

– Eu tô bem – disse Elena. – Acabei de chegar. – Ela não estava bem; precisava tanto fazer xixi que estava preocupada em deixar escapar quando se levantasse.

Gabe não se mexeu. Então Elena se levantou e entrou no cinema. O gerente ficou de olho nela o tempo todo, como se ela pudesse entrar escondida para ver um filme. Deveria. Estava tão *quentinho* dentro do cinema.

Quando ela saiu, foi a vez de Gabe.

– Temos que guardar o lugar dele – disse Troy. – E cuidar das coisas dele como se fossem nossas. Código da Fila. – Ele ofereceu seu saco de pipoca sobre o saco de dormir de Gabe.

Elena pegou algumas.

– O que invalida o código? – perguntou ela.

– O que você quer dizer?

– Tipo, existe alguma circunstância em que a pessoa perde o seu lugar?

– Taí uma boa pergunta – disse ele. – Quero dizer, algumas coisas são óbvias. Se alguém sair sem avisar ninguém ou deixar qualquer garantia... está expulso. Acho que tem um limite de tempo, também. Tipo, você não pode simplesmente ir pra casa e tirar um cochilo e esperar voltar pro seu lugar. Todos aqui estão conquistando seu lugar, sabe? Você não ganha um passe livre pra esse tipo de coisa. Embora sempre existam exceções...

– Existem?

– Somos humanos. Tivemos um cara na fila de *A ameaça fantasma* que precisou sair pra ir à terapia. Guardamos o lugar dele. Mas um outro cara tentou ir pro trabalho, ele disse que ia perder o emprego... Tiramos o lugar dele na fila.

– Fizeram isso? – Uma pipoca caiu da boca de Elena. Ela pegou de volta. – Isso foi brutal.

– Não foi... – Troy estava sério. – Assim é a vida. Todos nós iríamos perder nossos empregos. Eu acampei por três semanas. Você acha que eu tirei três semanas de férias? No zoológico?

– Você trabalhava no zoológico?

– Você tem que sacrificar alguma coisa por esta experiência – disse Troy, se recusando a ser interrompido. – É por isso que estamos aqui. É preciso deixar um pouco de sangue no altar. Quero dizer, você ouviu o Mark: se quiser simplesmente assistir ao novo filme de Star Wars, você pode comprar o ingresso on-line e então esquecer o assunto até a hora do espetáculo. Mas se você quiser esperar na fila, você *espera na fila*, entendeu?

Elena concordava com a cabeça. Gabe estava em pé na calçada.

– Vocês acabaram de votar pra eu sair da fila? – perguntou ele.

Troy riu.

– Não, cara, você é de boa… Quer pipoca?

Gabe pegou um pouco e se sentou.

***

Elena vinha imaginando esse dia havia meses. Planejou por semanas.

Isto não era a experiência que ela esperava da fila.

Isto era mais parecido com estar em um elevador com duas pessoas ao acaso. Como *ficar presa* em um elevador.

Elena tinha esperado… bem, mais gente, obviamente. E mais que uma festa. Uma celebração!

Ela tinha pensado que seria igual a todas aquelas fotos que vira na infância, quando os últimos filmes de Star Wars tinham sido lançados. Todos aqueles fãs na rua, em comunhão uns com os outros.

Elena era muito nova para acampar. Seu pai sequer a deixou *ver* os primeiros episódios. Ele disse que ela era pequena demais. E então, quando ela cresceu, disse que eram filmes muito ruins.

"Eles vão corromper o seu amor por Star Wars", disse ele. "Eu gostaria de poder desvê-los."

Então, ainda que Star Wars fosse a vida de Elena aos dez anos de idade, ela não chegou a ir à festa.

Ela tinha dezoito anos agora. Podia fazer o que quisesse.

Mas cadê a festa?

A tarde foi ainda mais entediante do que a manhã.

Sua mãe rondou mais três ou quatro vezes. Elena fingiu não perceber. Leu alguns capítulos de um livro de Star Wars. Troy explicou que todos os livros do Universo Expandido não pertenciam mais ao cânone…

– A Disney os apagou da cronologia oficial…

Elena disse que não ligava, que gostava deles mesmo assim.

Ao cair da noite, as pessoas começaram a chegar para as sessões noturnas, e Troy entrou numa discussão com Mark para reabastecer sua pipoca.

– Ali diz: "Refis infinitos o dia todo" – disse Troy.

– Você está corrompendo a intenção – disse Mark.

Elena mantinha a esperança de que algumas das pessoas que caminhavam em direção ao cinema estivessem lá para se juntar à fila – havia dois caras de trinta e poucos anos com camisetas de Star Wars que pareciam bons candidatos, e algumas universitárias que pareciam nerds o bastante –, mas todos passaram direto.

Elena tinha tirado sua camiseta de princesa Leia, mas, agora que o sol se fora, começou a se agasalhar novamente.

Talvez sua mãe estivesse certa. Talvez Elena devesse sair e voltar quando a fila realmente engrenasse...

O que Troy diria? "Teve uma menina asiática que ficou com a gente por algumas horas; mas a mãe dela a fez ir embora."

Não, era isso. Se Elena fugisse, não poderia mais voltar.

***

Ela se enrolou em seu saco de dormir e colocou uma touca de lã com um grande pompom vermelho, subtraindo mais alguns anos de sua aparência.

A briga com Mark pareceu deixar Troy chateado. Ele colocou fones de ouvido e ficou vendo Netflix em seu celular. Elena o observou, faminta – ela estava morrendo de vontade de usar seu celular. Seu mundo inteiro estava lá. Sentar do lado de fora do cinema, no frio e no escuro, seria muito mais suportável se pudesse ler *fanfictions* ou mensagens de seus amigos. Mas ela só tinha uma bateria de reserva para quatro dias... Pelo menos havia iluminação suficiente para ler. Ela estava sentada logo abaixo de um pôster iluminado de Star Wars.

Sua mãe parou em frente ao cinema novamente às dez da noite. Elena se levantou e caminhou até o carro.

– Não gosto disso – disse sua mãe. – As pessoas vão pensar que você é uma sem-teto.

– Ninguém vai pensar isso.

– Os sem-teto vão te incomodar.

– Provavelmente não.

– Eu conversei com a Dì Janet e ela disse que você pode comprar o ingresso do filme on-line.

– A questão não é essa.

– Acontece que… – Sua mãe esfregou a têmpora. – Elena, acho que essa é a coisa mais imbecil que você já fez na vida.

– Isso é bom, mãe. Pense no quanto poderia ser pior.

Sua mãe franziu a testa e lhe entregou um prato quente coberto.

– Responda suas mensagens hoje à noite.

– Vou responder.

Elena se afastou do carro.

– Não se preocupe com ela! – gritou Troy por detrás dela. – Ela está em boas mãos!

A mãe de Elena pareceu assustada. Mas continuou dirigindo.

– Sinto muito – disse Troy. – Eu piorei as coisas? Eu quis dizer as mãos da fila.

– Tudo bem – disse Elena, encontrando seu lugar contra a parede.

***

Mark, o gerente do cinema, apareceu mais uma vez para chamá-los para irem ao banheiro e à lanchonete do cinema antes de fechar, o que foi bastante digno da parte dele.

Por volta das onze da noite, Troy já dormia estirado sobre sua cadeira com um travesseiro inflável enfiado entre ele e a parede. Ele tinha se enrolado em cobertores de lã, inclinado a cabeça para trás e pronto.

Elena planejara estender seu saco de dormir para dormir deitada. Porém, isso era quando ela imaginava dúzias de campistas. Era diferente com apenas três pessoas, e ela se sentiu muito exposta no final da fila. Se adormecesse deitada, alguém poderia simplesmente arrastá-la no meio da noite, e Troy e Gabe nem notariam.

Ela não achava que estivesse com medo de Troy e Gabe. Troy ainda não havia dito nada de pervertido. Nem mesmo a respeito da princesa Leia. E Gabe parecia cuidadosamente desinteressado por Elena.

Sua mãe não confiava neles. Na verdade, não confiava em cara algum. Ela costumava desconfiar apenas de caras brancos. ("Caras brancos são os piores. Eles censuram letras do 2 Live Crew e esperam que você ria.") Entretanto, desde que se separara do pai de Elena, quatro anos antes, sua mãe havia se colocado contra todo e qualquer homem, especialmente quando Elena estava envolvida. “Aprenda com meus erros”, dizia ela.

Aprender o quê?, Elena se perguntava. Evitar os homens? Evitar o amor? Evitar radiologistas que compram réplicas de sabres de luz?

Normalmente, quando sua mãe lhe dava advertências como esta, Elena respondia apenas com um joinha. Tipo, *sem problemas*.

Porque realmente não era um problema. Evitar homens? Feito! Isso literalmente nunca foi um transtorno para ela. Quando outras garotas se queixavam sobre como lidar com a indesejada atenção masculina, Elena não se sentia exatamente com ciúmes, mas ficava curiosa... Como se faz para atrair tanta atenção? E é impossível atrair apenas um pouco de atenção? Apenas uma quantidade pequena, administrável? Ou seria uma questão de ter a atenção de todos os garotos ou de nenhum, como uma torneira que, uma vez aberta, jamais poderia ser fechada?

Os dentes de Elena estavam começando a bater, e nem estava aquele frio todo. Porém, o frio do chão havia rastejado para dentro de seu saco de dormir, de sua calça jeans, atravessado sua calça de baixo e a meia-calça e se instalado em seus ossos.

– Você tem que colocar alguma coisa debaixo de seu saco de dormir – disse Gabe. – Ou sair do chão.

Ela olhou para onde a bunda dele devia estar. Ele ergueu um lado de seu saco de dormir. Estava sentado em papelões, dois ou três pedaços.

– E funciona?

– Ajuda.

– Bem, eu não tenho uma caixa de papelão comigo…

Gabe sussurrou:

– Guarda meu lugar.

Ele se levantou e se arrastou para fora de seu saco de dormir, descendo a rua e desaparecendo atrás do prédio. Quando voltou, carregava algumas caixas de papelão. Uvas passas cobertas de chocolate. E gomas coloridas.

– Fica no meu lugar – disse ele.

– O quê?

– Vá pra lá, a menos que você não queira se sentar entre nós. Troy é um excelente quebra-vento.

Elena arrastou-se para a pilha de caixas de Gabe, puxando suas coisas consigo. Gabe rapidamente fez um novo ninho para si e voltou a se ajeitar.

– Ajudou – disse Elena. – Obrigada.

Elena testou seus instintos, verificando se sentia--se menos segura sentada entre dois estranhos do que no final da fila. Não. Ela se sentia do mesmo jeito.

– Você só quer que eu tenha que escutar as histórias de Troy – sussurrou ela.

– Podemos mudar de volta de manhã – disse ele.

– Você o conhece? – perguntou ela. – O Troy?

– Não o conhecia antes – respondeu Gabe –, mas estou sentado ao lado dele há quatro dias...

Gabe pegou seu livro.

– Obrigada – disse Elena novamente.

Gabe não respondeu.

TERÇA-FEIRA

15 DE DEZEMBRO DE 2015

Não parecia que Elena havia dormido, mas deve ter pegado no sono em algum momento. Ela acordou caída sobre sua mochila, com uma mancha de saliva fria no queixo.

– Star Wars! – alguém estava gritando de um carro em movimento.

– Star Wars! – gritou Troy de volta, erguendo o punho.

Sim, pensou Elena, *Star Wars*. Era disso que esta experiência precisava: mais Star Wars.

Elena ia reanimar as coisas.

Aquela não era a demonstração pública de afeto jubilosa e comunal que ela estava esperando – mas ainda podia ser *algo*. Ainda podia ser memorável. Ela tornaria memorável.

– O que o Código da Fila diz sobre ir ao Starbucks? – ela perguntou.

Troy respondeu:

– Totalmente aceitável, desde que você traga algo para nós.

Elena andou seis quarteirões até o Starbucks e ficou no banheiro por um tempo, pintando pequenos Yodas nas bochechas. Ela pediu ao barista do café que gravasse o nome de alguns personagens nos copos. Troy era o almirante Ackbar, Gabe era o general Dodonna e Elena era Mon Mothma.

Quando voltou para a fila, ela pegou o celular e cuidadosamente tirou uma selfie com os rapazes atrás dela. Gabe não olhou para a câmera, mas Troy entrou na brincadeira. "Terceira na fila!", Elena postou no Instagram. O que soava muito melhor do que "Última na fila!".

– Curti sua pintura facial – disse Troy. – Eu tenho uma fantasia, mas tô guardando para a noite de estreia.

– Você sempre usa uma fantasia na noite de estreia? – perguntou Elena.

– Oh, sim. Normalmente eu acampo nela.

– Quero ouvir sobre as fantasias que já usou – disse Elena.

– Quer dizer as fantasias das noites de estreia? Ou todas as minhas fantasias de Star Wars, incluindo as de festas de Dia das Bruxas e de Dia de Star Wars?

– Quero ouvir sobre *todas* – respondeu ela, olhando para Gabe. – Pode ser?

Gabe olhava para Elena como se ela tivesse perdido o juízo.

Depois que terminaram de escutar sobre as fantasias de Troy, Elena o interrogou sobre os altos e baixos das filas passadas. Em seguida, sugeriu que fizessem um quiz sobre Star Wars, o que ela rapidamente percebeu não ter sido uma boa ideia, já que não poderia responder a nenhuma questão relacionada às prequels,[1] e não queria que Troy e Gabe descobrissem que ela na verdade nunca tinha visto os filmes.

1 A série de filmes *Star Wars* foi lançada nos cinemas de maneira bastante peculiar. O primeiro filme, *Star Wars – Uma nova esperança*, de 1977, é, cronologicamente, o quarto da saga. Assim, foram primeiramente lançados os episódios IV, V e VI. Nesta primeira trilogia, somos apresentados aos protagonistas Luke, Leia e Darth Vader, grande vilão da trama e um dos maiores vilões da história do cinema. Vinte e dois anos depois, em 1999, o diretor e produtor George Lucas daria início a uma nova trilogia (as chamadas prequels).

Elena já *poderia* ter visto os primeiros episódios. Poderia já ter assistido aos três filmes depois que seu pai se mudou para a Flórida, mas ainda sentia como se o estivesse traindo. E apesar de ele tê-la traído ao ir embora, ela não se via assistindo aos filmes de Star Wars apenas por despeito. Tinha a impressão de que aquilo *realmente* corromperia o seu amor por Star Wars – "Um Jedi usa a Força para o conhecimento e a defesa, nunca para o ataque" (Yoda).

A mãe de Elena apareceu algumas vezes naquela manhã. Elena simplesmente acenou e tentou aparentar que estava se divertindo muito.

Ninguém novo entrou na fila.

O ponto alto da terça-feira foi quando um fotógrafo do jornal apareceu para tirar uma foto deles.

– Estou procurando pela fila de Star Wars – disse ele. O repórter tinha uma câmera gigantesca com uma longa lente preta.

Cronologicamente anteriores aos episódios originais, as prequels contam a origem de Darth Vader, abarcando a infância, a adolescência e os caminhos tortuosos que o levariam ao Lado Sombrio da Força, relatados nos episódios I, II e III. Em 2015, onze anos depois, portanto, do fim da última prequel, Star Wars retornaria aos cinemas com *O despertar da Força*, sétimo filme da franquia, primeiro da trilogia mais recente. (N.E.)

– Somos nós! – disse Troy.

– Oh! – Ele olhou para eles. – Pensei que teria uma fila de verdade, sabe, com fãs fantasiados.

– Volte na noite de estreia – disse Troy. – Meu Poe Dameron vai te surpreender.

O fotógrafo olhou para as bochechas de Elena.

– Este é o Shrek?

– É o Yoda – Gabe falou imediatamente. – Pelo amor de Deus.

No fim, o fotógrafo fez um close de Troy segurando uma foto de si mesmo, esperando numa fila de quinze anos atrás, muito mais interessante do que a atual.

Um revés humilhante para eles como indivíduos e para a fila como um todo.

(Ugh. Eles não eram uma fila. Eles eram apenas três nerds com frio.) (Eram três idiotas que apareceram para uma festa que não existiu.) (Eram estatisticamente insignificantes!)

Depois que o fotógrafo foi embora, Elena não começou outra conversa alegre. Gabe pediu licença e foi caminhar pelo quarteirão. Troy assistia à TV pelo celular.

Elena pegou seu celular apenas por tempo suficiente para tirar uma foto de seu tênis florido. "Minhas pernas estão permanentemente dormentes", postou. #Problemasnafila. Em seguida, ela guardou o celular de imediato antes que pudesse começar a navegar pela web e se divertir.

Quando Gabe voltou, ele estava franzindo a testa mais do que Elena já tinha visto um ser humano franzir. Mais do que sua mãe. Aquela foi a tarde mais longa de sua vida.

***

Na terça-feira à noite, um profundo mal-estar se instalou. Uma indisposição tipo Luke olhando para os dois sóis de Tatooine.

Elena escondia o rosto sempre que um frequentador do cinema passava. Só se animou quando sua mãe apareceu, por volta das dez da noite. *Tenho que manter as aparências*.

Quando Elena se levantou para ir ao carro, todo seu corpo se sentiu dormente com o frio e o desuso. Sua mãe empurrou uma garrafa de água quente pela janela.

– Aqui.

Estava tão quente que Elena a deixou cair.

– Obrigada – disse ela, pegando-a de volta.

– Não acho que George Lucas iria querer que você fizesse isso – disse sua mãe.

– Eu não sabia que você sabia quem é George Lucas.

– Por favor. Eu já assistia aos filmes de Star Wars antes de você nascer. Seu pai e eu vimos *O Império contra-ataca* cinco vezes no cinema.

– Sortuda – disse Elena.

– George Lucas é pai de meninas – disse sua mãe. – Ele não iria querer mocinhas congelando até a morte para provarem sua lealdade.

– A questão não é o George Lucas – retrucou Elena. – Ele nem mesmo está envolvido com as sequências.

– Volte pra casa – disse sua mãe. – A gente assiste *O Império contra-ataca* e eu faço chocolate quente.

– Não posso – disse Elena. – Vou perder o meu lugar na fila.

– Acho que seu lugar ainda estará intacto amanhã.

– Boa noite, mãe.

Sua mãe suspirou e estendeu um copo tamanho grande do Starbucks.

– Mantenha-se aquecida. Vou deixar meu telefone ligado hoje à noite no caso de você mudar de ideia.

Elena sentou-se com seu café e enfiou a garrafa de água quente dentro de seu saco de dormir. Pareceu *incrível*.

– Chame sua mãe – disse Gabe, sem entonação. – Eu quero assistir *O Império contra-ataca* e tomar chocolate quente.

***

Ela percebeu agora que o café era uma armadilha.

Eram duas da manhã, e Elena estava para fazer xixi nas calças. Ela olhou para a fila. Troy estava embrulhado em seus sacos de dormir e em um casaco polar, igual a uma múmia. Gabe tinha puxado os joelhos para cima e baixado a cabeça algumas horas atrás.

Ela tinha dormido. Mal. Sentia-se grogue e indisposta e sua bexiga *doía muito mesmo*. Ela continuou se remexendo. Gabe levantou a cabeça.

– Qual o problema? Você tá com frio?

– Não – disse Elena. – Quero dizer, sim, claro. Mas não... Vou fazer xixi nas calças.

– Não faça isso! – disse Gabe.

– *Não consigo evitar*. O que posso fazer?

– Vá mijar em algum lugar.

– Onde?

– Eu não sei. Atrás de um carro, algo assim.

– Isso é ilegal! – disse Elena. – E nojento!

– Não tão nojento quanto mijar nas calças.

Elena fechou os olhos.

– Ughhhhhhhhhhh. Onde vocês têm feito xixi?

– Dentro do cinema – disse ele.

– Nunca precisou ir à noite?

Ele encolheu os ombros.

– Não.

Elena sentia lágrimas rolando em seu rosto.

– Não chore – disse Gabe. – Isso não vai ajudar.

Ela continuou chorando. Iria acontecer em breve.

– Certo – disse ele, levantando-se. – Vem comigo.

– Pra onde?

– Onde você possa fazer xixi.

– Não podemos sair sem falar com o Troy – disse ela. – Código da Fila.

– O Código da Fila também inclui não fazer sujeira. Vamos.

Troy tinha um copo extragrande de Coca, e Gabe o pegou. Elena se levantou, com muito cuidado, e o seguiu até os fundos do cinema.

– Certo – disse ele, segurando o copo. – Você vai atrás da caçamba, mija neste copo e em seguida é só jogar no lixo.

– E se tiver câmeras? – disse Elena, pegando o copo.

– Aí eu já não posso te ajudar. Isso não é *Missão impossível*, sabe?

– Mas e se eu precisar fazer mais do que isso? Eu não sei o quanto eu urino.

– Se sua bexiga retivesse mais de 1,3 litro, você não teria que ir ao banheiro constantemente.

Ela ficou ali, mordendo o lábio.

– Elena.

– Sim?

– Você não tem nenhuma outra opção aqui. Faça no copo.

– Certo – disse ela. Elena caminhou cuidadosamente para o outro lado da caçamba de lixo. – Não quero que você escute!

– É a primeira vez que você faz xixi perto de outro ser humano?

– Perto de um cara, sim! – ela gritou.

– Eu não pedi por isso! – Gabe gritou de volta. Ele começou a cantarolar alto a "Marcha Imperial". Isso fez Elena sentir como se sua mãe estivesse vindo.

Com muito cuidado, ela arriou as calças e agachou sobre o copo, tentando não tocar nele e tentando não espirrar, ainda meio que chorando. Gabe continuou cantarolando alto. Quando Elena terminou, colocou a tampa no copo e saiu.

– Certo – disse ela.

– Nojenta. Era pra você ter jogado fora.

– Vou derramar num bueiro! Assim não espirra em ninguém.

– Não importa – disse Gabe.

Depois que jogou fora o xixi e o copo, ela se sentou ao lado dele e puxou de sua bolsa um lenço umedecido.

– Eu devia ir pra casa – disse ela, esfregando as mãos.

– Você precisa fazer xixi de novo?

– Não.

– Então por que você quer ir pra casa?

– Bem, é óbvio que eu não tô preparada pra isso! – Ela acenou com o braço ao redor, abrangendo o frio, a fila, a lata de lixo, o bueiro... – E isso não é como eu pensei que seria.

– Como você pensou que seria? – perguntou Gabe.

– Eu não sei... *divertido*.

– Você tá acampando em uma calçada com estranhos. Por que isso seria divertido?

– Sempre *parece* divertido. Nas fotos. Tipo, cidades de barracas. Gente se conhecendo na fila e fazendo amizades para toda a vida. Fazendo tatuagens combinando.

– Você quer fazer uma tatuagem combinando com o Troy?

– Você sabe o que quero dizer. – Ela jogou o lenço umedecido amassado no chão. – Pensei que seria uma celebração, tipo, uma maneira de estar superempolgada com Star Wars, com um monte de outras pessoas superempolgadas com Star Wars. Como nas histórias de Troy. Como na época em que todos eles acampavam por duas semanas para ver *O retorno de Jedi* e terminavam com almas gêmeas e apelidos. As pegadinhas que se prolongavam por dias! As batalhas de sabre de luz!

– Você ainda pode acabar com um apelido – disse Gabe. – Agora mesmo estou pensando em algo relacionado a urina. Ou copos.

Elena se enrolou em seu saco de dormir com força.

– A boa e velha Mija-no-Copo – disse Gabe.

– Por que você tá aqui? – perguntou Elena. – Se sabia que seria deplorável?

– Estou aqui porque amo Star Wars – disse ele. – Assim como você. – Ele cruzou os braços em torno dos joelhos e baixou a cabeça.

– Mas você nem fala comigo – disse Elena. – Com nenhum de nós.

Gabe fez um barulho sarcástico, tipo "afff".

– Não, sério – disse ela. – Qual é o sentido de ficar nesta fila se você não quer ter essa experiência com outras pessoas?

– Talvez eu simplesmente não queira ter essa experiência com você – disse ele. – Já pensou nisso?

– Ai, meu Deus! – Ela franziu o rosto. – *Não*. Eu não tinha pensado nisso. Mas é verdade? Por que você é tão maldoso?

– Não é verdade – ele resmungou, erguendo a cabeça. – Só estou cansado. E não sou... um cara comunicativo. Desculpe eu não ter correspondido às suas expectativas de fila dos sonhos de Star Wars.

– Eu também. – Ela esfregou as mãos e as soprou.

– Por que seus amigos não esperaram na fila com você? – perguntou Gabe. – Daí você podia ter tido sua festa na fila.

– Nenhum dos meus amigos gosta de Star Wars.

– Todo mundo gosta de Star Wars – disse ele. – Todo mundo gosta de tudo hoje em dia. O mundo todo é nerd.

– Você está irritado porque outras pessoas gostam de Star Wars? Você está irritado *porque* pessoas *como eu* gostam de Star Wars?

Gabe a encarou.

– Talvez.

– Bem – disse ela –, meus amigos *gostam* de Star Wars. Eles vão assistir ao filme neste fim de semana. Mas não gostam tanto quanto eu. Não sentem dor de estômago com isso.

– Por que você sente dor de estômago com Star Wars?

– Eu não sei. Eu sou simplesmente fissurada.

– Eu não estava tentando te chamar de falsa garota geek – disse Gabe.

– Eu não disse que você estava.

– Quero dizer, você obviamente conhece a trilogia original de cor e salteado. E isso nem é importante, na verdade, mas você obviamente conhece.

– Eu ainda não me decidi se você é um falso garoto geek – disse ela, puxando as mangas para baixo das mãos.

Ele sorriu, e ela tinha noventa por cento de certeza de que não foi com sarcasmo.

– Deixa eu te falar o que me incomoda – disse ele, com uma carranca um pouco menos feroz, mas ainda parecendo frustrado. – Eu sou um nerd, certo? Meio óbvio. O clássico nerd. Odeio esportes. Conheço de cor cada música do Weird Al.[2] Não sei como conversar com a maioria das pessoas. Provavelmente vou arranjar um emprego em Ciência da Computação. Tipo, eu sei que tudo isso é um estereótipo, mas se encaixa no meu perfil. Isso é o que eu sou. E o fato de a cultura nerd ser agora a cultura dominante significa que não existe um lugar para ser apenas um nerd entre outros

2 Weird Al Yancovic, artista californiano particularmente conhecido por suas sátiras e paródias. Em 1999, gravou a canção "The Saga Begins" no disco *Running With Scissors*, na qual parodia o filme *Star Wars Episódio I – A ameaça fantasma*. (N.E.)

nerds... sem ser lembrado de que você é o nerd. Você me entende?

– Mais ou menos – respondeu Elena.

– Ok. Então. Se eu vou a uma festa de futebol na casa do meu irmão, eu não sei nada sobre futebol, e eu sou o nerd. E se eu for dançar com minha amiga que gosta de dançar, bem, eu não danço, e não gosto de música alta, então eu sou o nerd. Mas *agora*, mesmo que eu vá ver um filme baseado nos quadrinhos, o mundo inteiro estará lá... Então eu ainda sou o nerd. Eu tinha pensado que uma *fila* de Star Wars seria segura – disse ele, balançando o braço ao redor de Elena. – De jeito nenhum eu vou me sentir como um pária social em uma fila de Star Wars. De jeito nenhum eu vou ter que sentar ao lado de uma das *garotas descoladas* por quatro dias.

– Uau, eu não sou uma garota descolada.

– Dá um tempo.

Ela levantou o dedo indicador.

– Sinto que preciso dizer que todos deveriam ser bem-vindos em uma fila de Star Wars, socialmente bem-sucedido ou não; mas também, *ei*! Eu sou uma nerd – disse ela. – Era isso o que esta fila deveria ser, uma chance de conversar com pessoas que não se importassem com o fato de eu ser desajeitada em literalmente qualquer outra situação.

– Isso não é verdade – disse ele, revirando os olhos.

– É, sim.

– Você tem amigos. Você tem uma panelinha. Anda no corredor como se fosse dona do lugar.

– Você parece estar me confundindo com o filme *Meninas malvadas* – disse Elena. – E outra, você tá dizendo que não tem amigos na escola? Já considerou que talvez seja a sua tromba silenciosa que afasta as pessoas?

– Eu tenho amigos – disse Gabe. – A questão não é essa.

– Então você tem *amigos*, mas acha que eu tenho uma *panelinha*.

– Tenho certeza disso.

– Acho que você está projetando suas dificuldades com garotas sobre mim – disse ela.

Gabe revirou os olhos outra vez.

– Pensei que você tivesse dito que não conseguia conversar com as pessoas – disse ele. – Você não parece ter qualquer problema em conversar comigo.

– Estou tendo *um monte* de problemas em conversar com você.

– Certo, então vamos parar.

Gabe estava irritado de verdade? Ela não sabia dizer.

Elena estava irritada? Ela também não sabia dizer…

Sim. *Sim*, Elena *estava* irritada. Quem era Gabe para presumir tudo aquilo sobre ela? Ele não a conhecia. E não estava lhe dando qualquer benefício da dúvida; enquanto ela tinha dado a ele todo o benefício da dúvida por 36 horas.

– Se te interessa – disse ela, sem olhar para ele –, eu não pensei *Uau, o Gabe com certeza é um nerd* uma vez sequer desde que me sentei.

Ele não disse nada.

Elena se contorceu. Ela se enrolou em seu saco de dormir o mais firmemente que pôde e reorganizou as pernas.

– Uggggggggh.

– Entendi – disse ele. – Você acha que eu sou um idiota.

– Não. *Sim*, mas não… Preciso fazer xixi de novo.

– Você acabou de ir.

– Eu sei, não consigo evitar. Às vezes vem em ondas.

– Você consegue esperar?

– Não.

Gabe suspirou e se levantou.

– Vamos lá. Vamos voltar para a caçamba de lixo.

– Eu joguei o copo fora! – disse Elena.

– Você ainda tem a sua garrafa de água quente…

– *Não*.

Gabe estalou a língua, como se estivesse pensando. Elena começou a revirar sua mochila. Tudo o que ela trouxera estava em sacos plásticos.

– Aha! – disse Gabe. Ele alcançou por detrás dela o saco de dormir e puxou o copo do Starbucks. – Isto é perfeito – disse ele. – Já tem seu nome nele.

Eles deixaram seus sacos de dormir e foram para os fundos do cinema outra vez. A segunda vez não foi menos humilhante.

– Você definitivamente vai ganhar um apelido – disse Gabe quando ela voltou a se sentar.

Elena se arrastou para dentro de seu saco de dormir, sentindo-se mais inacreditavelmente cansada do que inacreditavelmente desconfortável, como se agora talvez pudesse dormir de verdade.

– Eu nasci na época errada – disse ela. – E no ambiente errado. Deveria ser 1983, e eu deveria estar sentada do lado de fora do Mann's Chinese Theatre em Hollywood, Califórnia.

– Eles estão acampando do lado de fora do Chinese Theatre esta noite – disse Gabe. – Troy diz que somos todos uma única fila.

– Eu provavelmente sou a última nessa também – disse Elena.

Ela se afastou de Gabe e adormeceu.

QUARTA-FEIRA

16 DE DEZEMBRO DE 2015

– É o despertar da Força! – gritou Troy.

Elena puxou sua touca sobre os olhos.

– Vamos lá, Elena – disse Troy. – Esperamos que você vá buscar café de novo.

– Porque sou mulher?

– Não. Porque você provavelmente precisa fazer xixi – disse Gabe.

Elena precisava.

– Tudo bem, digam o que querem.

Vinte minutos mais tarde, ela se olhava no espelho do Starbucks. Estava começando a se parecer como alguém que dormia na rua e se lavava nos banheiros de cafeterias.

Havia um sem-teto de verdade sentado do lado de fora do Starbucks quando Elena entrou, e isso a fez se sentir como uma esquisitona ao pensar que estava fazendo aquilo por pura diversão. (E nem divertido era!)

Ela disse ao barista que seus nomes eram "Tarkin", "Veers" e "Ozzel".

– Sentindo seu lado sombrio hoje, huh? – perguntou Troy quando ela entregou o copo dele.

– Bastante – disse Elena, caindo no chão. – Medo, raiva, ódio, agonia...

– Contagem regressiva! – disse Troy. – Só mais um dia. *Mais um dia!* Não consigo acreditar que esperamos por isso durante dez anos, apesar de que, honestamente, eu nunca imaginei que esse dia chegaria. Sequências *de verdade*...

– Qual é o seu filme favorito de Star Wars? – perguntou Gabe. Incomum. Elena olhou para ele.

– É o mesmo que perguntar qual o meu filho favorito – respondeu Troy.

– Você tem filhos? – perguntou Elena.

– Eu quis dizer hipoteticamente – disse Troy. Ele exalou forte. – É difícil, muito difícil mesmo. Mas vou de *O Império contra-ataca*.

Os trinta minutos seguintes foram tomados por Troy justificando sua escolha. Em vários momentos ele considerou mudar sua resposta, mas sempre voltava a Hoth.[1]

– E o seu, Elena? – Gabe finalmente perguntou.

Ela franziu o cenho para ele. Desconfiada.

– *O Império* – disse ela. – Por todos os motivos mencionados pelo Troy. Mais o beijo. Qual é o seu?

– *Episódio VI* – disse Gabe.

– *Jedi*? – ela perguntou.

Ele assentiu.

– Uma escolha sólida – disse Troy. – Muito sólida.

Gabe não se justificou; em vez disso, voltou-se para Elena.

– Então, qual é o seu menos favorito?

– Por que tenho que ser a primeira?

– Você não tem que ser – disse ele.

Ela segurou seu copo de café com as duas mãos.

– Não, tudo bem. *Jedi*. Eu amo do mesmo jeito. Mas… bem, é isso.

Troy reagiu como se tivesse levado um tiro.

– *Jedi*?

Gabe também estava em choque.

1 Nome do planeta gelado que aparece em *Star Wars Episódio V: O Império contra-ataca*. (N.E.)

– Você acha que o *Episódio VI* é pior do que o *Episódio II*? Pior do que o Anakin e a Padmé brincando entre os shaaks?

– Os shaaks! – disse Troy. – Geonosis!

Aquelas palavras soaram sem sentido para Elena. Ela não queria ser descoberta. Ela mordeu o lábio.

– Eu na verdade não estava considerando as prequels. Você disse o menos *favorito*, não o pior.

– Ahhhh – disse Troy –, você disse isso.

– Verdade – disse Gabe.

Eles passaram para o menos favorito de Troy (*Episódio III* – "a violência simplesmente me pareceu sem sentido") e, em seguida, para o de Gabe (*Episódio II* – "amor nos campos de Naboo").

E então Troy teve que atender a uma chamada de sua namorada.

– Então – disse Gabe a Elena –, qual é o seu personagem favorito?

– O que você tá fazendo? – perguntou Elena.

– Conversando sobre Star Wars.

– Por quê?

– Pensei que fosse isso que você quisesse.

– Então agora você está tentando me dar o que eu quero?

Gabe suspirou.

– Não exatamente. É só que… Talvez você estivesse certa.

– Quando? – perguntou ela.

– Quando disse que o motivo de estar nesta fila era ficar entusiasmada com Star Wars com outras pessoas que amam Star Wars.

– Claro que eu estava certa – disse Elena. – Isto é obviamente o motivo pelo qual as pessoas acampam assim. Ninguém deixa sua casa para se sentar do lado de fora de um cinema por uma semana apenas para poder ignorar outros fãs.

– Dei um tiro no pé – admitiu Gabe. – Está bem?

– Ok – disse Elena, cuidadosamente.

– Então, qual é o seu personagem favorito? – ele tornou a perguntar.

– Você provavelmente vai achar bem óbvio.

– Eu não sou um idiota – disse ele.

– Pessoas que são idiotas não podem decidir se são idiotas. Essa decisão é deixada para um de seus colegas de júri.

– Discordo. Eu não me identifico como um idiota, logo, não vou agir como um.

– Certo – disse Elena. – Princesa Leia.

– Excelente escolha – disse ele.

Ela ainda estava desconfiada.

– Qual é o seu?

***

Tirando o fato de Gabe ser legal com Elena por razões desconhecidas, suspeitas... ele ainda estava sendo legal com ela. E interessante. E divertido. E uma boa companhia.

Ela ficava se esquecendo de que era tudo um fingimento e possivelmente um truque... E simplesmente se divertiu.

Todos eles estavam se divertindo.

– Com licença – alguém disse, interrompendo uma intensa discussão sobre quem compraria uma bebida para cada um na cantina.

A fila inteira olhou. Havia duas mulheres em pé na calçada carregando caixas de padaria. Uma delas limpou a garganta.

– Ouvimos dizer que havia gente acampando para o novo filme de Star Wars…

– Somos nós! – disse Troy, só ligeiramente menos entusiasmado do que no dia anterior.

– Onde está todo mundo? – ela perguntou. – Estão nos fundos? Vocês fazem isso em turnos?

– Somos só nós – disse Elena.

– Somos as Garotas Cupcake – disse a outra mulher. – Pensamos em trazer cupcakes de Star Wars… Para a… fila?

– Excelente! – disse Troy.

As Garotas Cupcake continuaram segurando firme as caixas.

– É que… Iríamos tirar uma foto da fila inteira, e depois postar no Instagram… – disse a primeira mulher.

– Posso ajudá-las nisso! – disse Elena. Aqueles cupcakes não iriam embora assim. Não no turno de Elena.

Elena tirou uma selfie da fila, com as Garotas Cupcake e um funcionário do cinema, todos segurando cupcakes de Star Wars – parecia uma polaroide de uma multidão –, e prometeu publicar em todas as suas redes sociais. A iluminação estava perfeita. Hora mágica, nenhum filtro era necessário. #garotascupcake #odespertardosCAKES #salaciouscrumbs

As Garotas ficaram completamente satisfeitas e deixaram duas caixas de cupcakes.

– Esta é a primeira vez que fico feliz por ter só nós três aqui – disse Elena, servindo-se de um segundo cupcake. Tinha sido coberto para se parecer com o Chewbacca.

– Você *salvou* esses cupcakes – disse Gabe. – Aquelas mulheres iriam embora com eles.

– Eu sei – disse Elena. – Pude ver nos olhos delas. Eu não hesitaria diante de nada para fazê-las mudar de ideia.

– Graças a Deus elas ficaram satisfeitas com uma selfie – disse Gabe. O cupcake dele parecia o Darth Vader, e sua língua estava preta.

– Mando muito bem nas selfies – disse Elena. – Especialmente para alguém com braços curtos.

– Excelente trabalho – disse Troy. – Você será uma grande provedora para alguém um dia.

– Esse dia é hoje – disse Elena, recostando-se contra a parede do cinema. – De nada.

– Arrggh – disse Troy, esticando os pés. – Tô com overdose de cupcake.

– Quantos você comeu? – perguntou Gabe.

– Quatro – disse Troy. – Eu acabei com o Conselho Jedi. Hora de uma pequena sesta de meio-dia, o *adormecer* da Força.

Era o dia mais quente até então. Elena se perguntou se também poderia tirar um cochilo. Talvez não. Parecia ainda mais estranho cochilar na rua no meio do dia do que à noite.

– Você odeia as prequels mais do que qualquer um que eu já tenha conhecido – disse Gabe, lambendo os lábios. – Estes cupcakes são mesmo muito bons. Você deveria tuitar a respeito deles de novo.

– Eu não odeio as prequels – disse ela.

– Fizemos um ranking dos nossos Top 30 Personagens, e o único personagem de uma prequel que você listou foi a rainha Amidala.

Esse era o único personagem das prequels que Elena *conhecia*...

– Digo, você deve realmente *odiar* – disse ele.

– Certo – disse ela. – Sinto que estou em dívida com você, depois de ter me ajudado na noite passada...

– Você está – disse Gabe. – Não tipo uma dívida de uma vida. Mas eu te salvei de fazer xixi nas calças *duas vezes*.

– Por isso vou te contar um segredo – disse ela. – Mas você tem que prometer que não vai usá-lo contra mim.

Gabe esticou os braços por cima das pernas de Elena para pegar outro cupcake.

– Como seria possível você ter um segredo obscuro envolvendo as sequências de Star Wars? Você é responsável pelo Jar Jar Binks[2]?

– Você promete? – ela perguntou.

– Claro, prometo.

– Eu nunca vi as prequels.

– *O quê?* – Gabe cuspiu migalhas sobre ambos. Elena as chacoalhou de seu rabo de cavalo. – Como isso poderia acontecer?

– Não aconteceu – disse ela. – Eu nunca assisti.

2 Jar Jar Binks é um personagem de *Star Wars Episódio I – A ameaça fantasma*. É tido como o personagem mais odiado de toda a série, e a rejeição foi tamanha que sua participação foi reduzida nos episódios subsequentes, para alívio dos fãs. (N.E.)

– Era contra sua religião? Você é algum tipo de purista de Star Wars?

– Mais ou menos – disse Elena. – Meu pai era. Ele não me deixava ver os filmes.

– E trancou você em alguma torre?

– Não. Simplesmente me disse que eles eram terríveis. Disse que iriam... *corromper* o meu amor por Star Wars.

– E você nunca pensou em assisti-los mesmo assim?

– Na verdade, não. É o meu *pai*.

– Como ele se sente em relação às sequências? Você está aqui clandestinamente?

– Eu não sei – disse Elena. – Não tenho notícias dele.

Gabe pareceu confuso.

– Ele tá meio que na Flórida.

– "Meio que na Flórida" é o nome da nossa banda – disse Gabe.

– Não diga ao Troy – disse ela.

– Não vou. Ele provavelmente faria a gente assistir aos filmes no celular dele.

Elena olhou para baixo.

– Agora você deve estar pensando que eu sou mesmo uma falsa garota geek.

– Tento não pensar isso de ninguém – disse ele. – Se vale de alguma coisa, isso faz de você uma über nerd[3] de Star Wars. Uma hipster de Star Wars. Você é como uma daquelas pessoas que só escutam música em vinil.

– Você acha que eu deveria assistir às prequels? – ela perguntou.

– Como eu iria saber? Quero dizer, eu assistiria. Não aguentaria saber da existência de mais filmes de Star Wars e não vê-los. Você poderia ter o dobro de Star Wars em sua vida!

– As prequels corromperam seu amor por Star Wars?

Gabe deu um sorriso muito Han Solo.

– Já era corrupto, queridinha.

Os dois riram. Este não era o Gabe com quem ela havia se sentado por dois dias.

– Eu não sei – disse ele, mais sério. – Vi as prequels antes de ver a trilogia original.

3 Nerd suprema. (N.E.)

– O quê? – Foi a vez de Elena ficar chocada. – Tá tudo errado. Isso é uma perversão.

– Não é, não! – disse Gabe. – Eu acho que é como o George Lucas planejou. É a ordem superior.

– George Lucas nem sabia o que pretendia – disse Elena. – Ele não consegue decidir nem quem atirou primeiro.[4]

– Eu assisti às prequels no cinema – disse Gabe. – Quando era pequeno. Achei incríveis.

– E agora? – ela perguntou.

– São o meu primeiro amor – disse ele. – Eu não consigo ser objetivo.

Elena se abraçou.

– Acho que nunca vou assistir. Sinto que decepcionaria meu pai. Como se ele fosse aparecer algum dia e perguntar se eu tinha visto *Ataque dos clones* e, se eu dissesse que vi, ele iria embora outra vez.

Gabe parecia estar pensando.

4 Referência a Greedo, que, na versão original de *Star Wars Episódio IV: Uma nova esperança*, levava um tiro de Han Solo. Futuramente, George Lucas alteraria a cena para uma versão mais "politicamente correta", na qual o vilão atira primeiro. (N.E.)

– Então... – disse ele. – Você não se importa se eu te der *spoilers*.

– Acho que não – disse ela. – Quero dizer, eu já sei o que acontece.

Gabe se endireitou e segurou as duas mãos entre eles.

– O caos tomou conta da República Galáctica...

***

Quando Troy acordou de sua soneca, ele sequer perguntou o que eles estavam fazendo. Simplesmente se juntou a eles. Sua imitação de Yoda era *igualzinha*.

– Eu sabia que você não tinha visto as prequels – Troy confidenciou a Elena. – Havia algumas lacunas muito óbvias na sua compreensão do Senado Galáctico.

A namorada de Troy, Sandra, trouxe pizza para todos eles naquela noite e, quando chegou lá, se juntou na reencenação dramática. Disse que eles teriam que voltar um pouco para que ela pudesse explicar mais a Elena sobre como Obi-Wan era atraente.

– *Ewan McGregor* – ela gemeu. – Obriguei o Troy a deixar a barba crescer depois do segundo filme.

– Eu também cultivei uma trança de Padawan[5] – disse Troy.

Troy, Sandra e Gabe travaram uma batalha de sabres de luz que trouxe lágrimas aos olhos de Elena, provavelmente porque todos os três estavam cantando a música de John Williams.[6] (Elena conhecia a música-tema da prequel; ela tinha escutado todas as trilhas sonoras.)

Alguns frequentadores do cinema que saíam de outro filme pararam para assistir à luta. Elena tirou uma foto quando Gabe caiu no chão (#épico #quedadocavaleiro #nafila). Todos aplaudiram.

Quando a multidão foi embora, Elena percebeu sua mãe estacionada no meio-fio. Ela se levantou e correu.

– Você vem pra casa? – sua mãe perguntou.

– Não – disse Elena. – Quer entrar na fila?

– De jeito nenhum. Você herdou a loucura do seu pai, não de mim.

5 Padawan é um termo que designa os aprendizes aspirantes a Jedi. (N.E.)

6 John Williams é um dos maiores compositores do cinema de todos os tempos. Tem parceria de longa data com George Lucas, Steven Spielberg e outros grandes nomes. Além de toda a saga *Star Wars*, ele foi também responsável pela trilha sonora de *Indiana Jones*, *Tubarão*, *ET – O extraterrestre* e, mais recentemente, dos três primeiros filmes da saga *Harry Potter*. (N.E.)

***

A noite estava limpa e fria. Sandra convenceu Mark, o gerente, a reabastecer a bolsa de água quente de Elena na máquina de café. Elena abraçou-a sob seu saco de dormir.

– Ei – disse Gabe. – Tenho uma coisa pra você.

– O quê?

Ele lhe entregou um copo do cinema, um dos novos de Star Wars.

– Hoje à noite você pode fazer xixi em um item de colecionador.

– Hahaha – disse Elena. – Comemos todos os cupcakes?

Gabe passou-lhe a caixa. Tinha apenas um. Um C-3PO muito solitário. Elena pegou o celular e tirou uma foto dele. Depois postou no Instagram. #últimodroidesobrevivente.

A bateria de seu celular ainda estava setenta por cento carregada, e só faltavam 24 horas para atravessar, então Elena decidiu se dar ao luxo de espiar o *feed* de seu Instagram, lendo os comentários em seus posts dos últimos dias.

Seus amigos tinham dado *likes* e deixado comentários engraçados. Caramba, Elena sentia saudades de seus amigos. (Não que Troy e Gabe não fossem bons.) Ela definitivamente sentiria saudades deles. (Mesmo de Gabe.) (Especialmente de Gabe.)

Seu primeiro post, de segunda-feira, tinha a maioria dos comentários. A foto da fila.

"Esse é o Gabe?", alguém tinha postado.

"GABERS."

"É o Geekle!", a amiga de Elena, Jocelyn, tinha postado. "ICKLE GEEKLE."

Geekle?, pensou Elena.

Ela rapidamente enviou uma mensagem para Jocelyn: "Quem é Geekle?".

"O Geekle!", Jocelyn respondeu de volta. "Da aula de Espanhol. Ele senta no fundo. É meio geeky."

"É por isso que vocês o chamam de Geekle?"

"Não sei", Jocelyn enviou. "ICKLE GEEKLE. Diz pra ele que eu mandei um oi."

Elena olhou para Gabe. Ele parecia meio familiar, agora que ela pensava nisso. Jocelyn tinha apelidos para todos, geralmente maldosos. Ickle Geekle, seja lá o que isso significasse, era leve. A Jocelyn em si não era muito maldosa, depois que você a conhecia. Ela apenas se achava mais engraçada do que realmente era. E não conseguia suportar o silêncio. Ela preenchia cada segundo com piadas estúpidas.

Gabe. Da aula de Espanhol. Ela o imaginou sem seu casaco de marinheiro... Enquanto ela olhava, Gabe tirou os óculos e esfregou os olhos.

– Você não usa óculos! – ela soltou.

– O quê? – disse ele, colocando os óculos de volta.

– Na escola – disse ela. – Você não usa óculos.

A expressão de Gabe desabou.

– Não. Eu não uso.

***

Gabe. Geekle. Seu nome em espanhol era Gabriel. Ela nunca conversara com ele; nunca olhara para ele de verdade. (O que soava pior do que era – Elena não saía *olhando* para as pessoas ao seu redor. Ela prestava atenção em seus próprios negócios!)

Isso era ruim. Isso era muito ruim.

– Sinto muito – disse ela.

– Por quê?

– Eu não te reconheci.

– E por que reconheceria? – perguntou ele.

– Estamos na mesma sala!

– Você aparentemente nunca notou. Não há nenhum crime nisso.

– Você me reconheceu?

Gabe virou-se para olhar para ela.

– Claro. – Ele revirou os olhos. – Estudamos na mesma escola há quatro anos.

– Eu não conheço muitas pessoas.

– E por que deveria? – ele perguntou. – Você tem a sua panelinha.

Aquilo era verdade, mas não do jeito que ele estava dizendo.

– Não somos uma panelinha – disse ela.

– Turma, então.

– Gabe.

– Exército?

– Por que você detesta tanto a gente?

– Porque vocês são idiotas – respondeu ele. – Porque vocês me chamam de Geekle... O que isso significa?

– Eu não sei. Eu não te chamo disso!

– Porque você nem sabe que eu existo!

– *Agora* eu sei – disse ela.

Gabe começou a dizer algo, depois balançou a cabeça.

– Jocelyn fala demais – disse Elena. – Mas é inofensiva.

– Pra você – disse Gabe. – Vocês se acham tão superiores.

– Eu não acho isso.

– Andam por aí em grupinho, todas bonitinhas e combinando e jogando seus insultinhos inteligentes sobre nós, da plebe...

– Nós nunca combinamos de propósito! – disse Elena.

– Tanto faz!

Ambos se sentaram, os braços cruzados.

– Não é assim – disse Elena. – Não somos uma panelinha. Somos apenas amigas.

Gabe bufou.

– Você sabe por que eu conheço você e suas amigas? E você não conhece a mim e meus amigos?

– Por quê?

– Porque nós não nos metemos na vida de vocês. Não temos apelidos para vocês, e se tivéssemos, não gritaríamos todos os dias quando vocês chegassem para a aula de Espanhol.

– Só a Jocelyn faz isso – disse Elena.

– É a *vibe* de todas vocês – disse Gabe.

– Eu nem tenho uma *vibe*!

– Pff!

– Então você me odeia – disse ela. – Já me odiava antes mesmo de eu entrar na fila.

– Eu não odeio você – disse ele. – Você é apenas... parte delas.

– Eu também sou parte disso – disse ela.

– Disso o quê? Star Wars? Eu não tenho que gostar de você porque você gosta de Star Wars. Não tenho que gostar de cada cabeça de vento com uma tatuagem de Stormtrooper.

– Não – disse Elena. – Eu sou parte disso, parte da fila.

– E de que vale isso?

– Eu não sei – disse ela –, mas deve valer para algo. Olha, eu sinto muito que a Jocelyn tenha colocado apelidos em você. Ela fala demais. É uma tagarela desde a quarta série. Simplesmente *nos acostumamos*. E se você reparou mesmo em mim na escola, deve ter notado que eu normalmente não me aproximo de ninguém. Em algumas das minhas aulas, não converso com ninguém. Não há ninguém na minha aula de Matemática que possa me identificar em uma fila.

– Não acredito nisso – disse ele.

– Sinto muito nunca ter falado com você – disse ela. – Mas você também nunca falou comigo. Estamos conversando *agora*.

Gabe cerrou os dentes.

– Eu odeio quando ela me chama de Geekle.

– Ela me chama de Ele-nerd – disse Elena. – E Tampinha. Vandinha Addams. Daiquiri Virgem. Ukelena. Ukulele. Meu Pequeno Pônei. Polegarzinha. Rumpelstiltskin...

Gabe riu um pouco.

– Por que deixa que ela te chame de tudo isso?

– Eu nem escuto mais – disse Elena. – Além disso, é diferente. Eu sou amiga dela... Eu posso pedir pra ela parar de te chamar desses nomes, se você quiser.

– Isso não importa – disse Gabe.

Permaneceram quietos por um tempo. Elena estava tentando descobrir se estava com raiva. Não estava.

– Por que você não me contou que a gente já se conhecia? – ela perguntou.

– Eu não queria que você me chamasse de Geekle – disse Gabe. – Não queria que o apelido pegasse.

Elena assentiu.

– A gente devia dormir – disse ele. – Esta é nossa última noite.

– Sim – disse Elena.

Ele encolheu as pernas e cruzou os braços. Como ele dormia assim?

Elena enrolou-se o quanto pôde. Ela ficou tentando achar uma posição confortável. Estava tão brilhante sob as luzes.

– Gabe – disse ela depois de mais ou menos dez minutos.

– Sim?

– Você tá com sono?

– Mais ou menos.

– Ainda tá bravo?

Gabe suspirou.

– Em um sentido mais amplo, sim. Com você, neste momento, não.

– Ok. Que bom.

Elena ajeitou-se outra vez. Ela observou os carros passarem. Ficaria muito, muito contente de estar em casa na noite seguinte. Depois do filme. O filme...

– Gabe? – perguntou ela.

– O quê?

– Eu não consigo dormir.

– Por que não?

– Star Wars!

QUINTA-FEIRA

17 DE DEZEMBRO DE 2015

Algo estranho aconteceu às seis da manhã.

Darth Vader entrou na fila.

Era um dos amigos de Troy. Ele chutou o pé de Troy do refrigerador e gritou:

– O despertar da Força!

– Sim, nós já ouvimos isso! – Gabe resmungou, sentando-se.

Elena assistia a tudo de uma abertura entre sua touca e o saco de dormir.

– Eu não durmo há uma semana – disse Gabe. – Acho que é possível morrer disso. Acho que estou morto.

Troy acordou e deu boas-vindas para seu amigo, que eventualmente entrou na fila atrás de Gabe.

Elena e Gabe foram juntos ao Starbucks. Ela lhe deu alguns de seus lenços umedecidos; ambos estavam extremamente necessitados de um banho. Parecia estar crescendo uma barba em Gabe. Era mais vermelha do que o cabelo dele. Elena pintou novos Yodas em suas bochechas.

– Você curte Star Wars? – perguntou o barista.

– Não – respondeu Gabe.

– Sim – respondeu Elena.

– Eu vou assistir hoje à noite – disse o barista. – Sessão da meia-noite.

– Legal – disse Elena.

– Já tem pessoas lá na fila – disse ele. – Você viu? Só uns três patetas miseráveis sentados na calçada.

Elena sorriu brilhantemente.

– Somos nós!

– O quê?

– Nós somos os três patetas... Bem, dois dos três.

O barista ficou morrendo de vergonha; o café deles acabou saindo de graça.

– Que a Força esteja com você! – disse Elena.

***

Quando voltaram, havia três novas pessoas na fila.

Ao meio-dia, havia vinte, com pelo menos metade usando fantasias.

Às três da tarde, havia caixas de som na calçada, e alguém ficava tocando a música da parada da vitória de *A ameaça fantasma* inúmeras vezes. (Ela tinha apenas um minuto e meio de duração.)

Elena concordou em fazer uma dança de noventa segundos com Troy. Gabe recusou.

Pela hora do jantar, cinquenta pessoas chegaram, e algumas delas trouxeram pizza. Elena entrava e saía da fila, posando para fotos e postando-as no Instagram. (Suas hashtags estavam *inspiradas*.) Troy, que tinha vestido sua fantasia de piloto, estava um pouco cauteloso com todos os recém-chegados

– Jar-Jar-chega-tarde.

– Temos que ficar de olho – disse ele. – Estas pessoas não fazem parte do pacto da fila. Podem tentar dominar no final.

– Ainda temos nossos ingressos – disse Gabe.

– Eu vou ser a primeira pessoa a entrar no cinema – disse Troy. – Você vai ser a segunda. E Elena, a terceira. Nós somos a fila. Estes são apenas convidados do dia.

– Então vamos nos sentar juntos? – perguntou Elena.

– Oh – disse Troy. – Bem, podemos sentar próximos uns dos outros. Na verdade, tem um monte de amigos meus chegando...

– Podemos sentar juntos – disse Gabe, olhando para Elena, mas de certo modo *não* olhando para Elena. – Se você quiser.

– Claro – respondeu ela. – Vamos até o fim.

***

O fotógrafo do jornal voltou. A fila estava dando voltas no quarteirão. Mark veio com um alto-falante para dar as orientações a todos.

– Temos duas horas – disse Gabe a Elena. – Acho que só temos tempo para uma tatuagem ou um apelido. Você escolhe.

– Nem fale em apelidos – disse ela.

Eles empacotaram suas coisas, e Mark disse que poderiam deixá-las no escritório durante o filme.

– Obrigado por não ficarem bêbados ou desordenados – disse ele. – E por não fazerem sujeira. Espero que acampem na frente de outro cinema na próxima vez... Eu ficaria feliz em fazer umas recomendações.

– Sem chance – disse Troy. – Este é o nosso lar.

Elena saltava para cima e para baixo, apontando para os lados.

– O que é isso? – perguntou Gabe.

– Minha dança de Star Wars – disse ela, saltando e apontando.

Depois de alguns segundos, ele se juntou a ela. Então os amigos de Troy se levantaram. A dança percorreu a fila. Da rua, eles provavelmente pareciam os personagens do Snoopy dançando.

***

Houve uma tentativa de domínio pelas pessoas na fila – Troy estava certo! A fila transformou-se em uma turba quando Mark abriu as portas. Mas Mark gritou para todo mundo e assegurou que os três membros originais da fila fossem os primeiros. Gabe e Elena pegaram assentos bem no meio do cinema.

– Ah, meu Deus – disse Elena. – Esta é a poltrona mais confortável em que já sentei. Eu me sinto como uma princesa.

– Tá mais parecendo uma plebeia – disse Gabe, mas seus olhos estavam fechados. – É tão quentinho aqui dentro, eu adoro aqui dentro.

– Aqui dentro é a melhor coisa – disse Elena. – Não vamos sair nunca mais.

O cinema encheu, e todos estavam barulhentos e entusiasmados. Elena tinha uma pipoca grande e um refrigerante pequeno, e foi ao banheiro duas vezes uma hora antes do filme começar.

– Se eu precisar fazer xixi durante o filme, vou usar este copo.

– Isso é o que você faz melhor – disse Gabe.

– Mal posso acreditar que consegui! – disse ela. – Não acredito que estamos aqui. Não acredito que tem um filme novo de Star Wars.

– Não consigo acreditar no quanto eu quero um banho – disse Gabe.

Elena começou a dançar sua dança de Star Wars de novo. Funcionava tão bem quanto antes em uma poltrona.

Quando as luzes se apagaram, ela gritou.

Ela conseguiu. Tinha acampado. E não havia desistido. E agora estava ali. Agora estava começando.

O letreiro de abertura começou. *Episódio VII: O despertar da Força*.

Elena sentiu todo o estresse e a tensão – toda a adrenalina – dos últimos quatro dias se esvaírem de seu corpo. Ela sentiu como se estivesse afundando bem, bem fundo dentro da poltrona quente e macia.

Ela tinha feito aquilo. Ela estava ali. Estava começando.

SEXTA-FEIRA

18 DE DEZEMBRO DE 2015

Elena acordou com a cabeça sobre o ombro de Gabe. Em uma poça de saliva. Alguém estava tentando passar por cima dela.

– Desculpa – disse a pessoa.

Por que alguém sairia durante os créditos de abertura?

Os créditos de abertura. Não havia créditos de abertura!

Elena olhou para Gabe. A cabeça dele estava caída de lado, e sua boca estava aberta. Ela sacudiu o braço dele. *Violentamente*.

– Gabe, Gabe, Gabe! Acorda! Gabe!

Ele sentiu-se como se tivesse sido atingido por um raio.

– O quê?

– Caímos no sono – disse Elena. – Caímos no sono!

– O quê? – Ele olhou para a tela. – Ah, meu Deus! – E depois olhou de volta para Elena. – Quando você pegou no sono?

– Imediatamente – disse ela. – Logo quando as luzes se apagaram. Ah, meu Deus!

– Eu vi o letreiro de abertura – disse Gabe. – E uma nave, eu acho?

– Perdemos a coisa toda – disse Elena. O queixo dela tremia.

– Perdemos a coisa toda – repetiu Gabe. – Esperamos durante uma semana, e de repente a gente perde a coisa toda. – Ele apoiou os cotovelos sobre o joelho e enterrou o rosto nas mãos. Os ombros dele começaram a tremer.

Elena pôs a mão sobre ele. Na mancha molhada que tinha deixado em sua manga. Ela levou a mão para trás e limpou-a em seu jeans.

Gabe recostou-se em seu assento com as mãos ainda em seu cabelo. Ele ria tanto, que parecia estar com dor.

Elena olhou para ele em estado de choque.

E então começou a rir.

E então começou a gargalhar.

– Elena! Gabe! – Troy estava se movendo com a multidão em direção à porta. – Foi tudo o que esperavam?

– Estou sem palavras! – Elena gritou.

Gabe apenas continuou rindo.

– A gente dormiu na *rua* – disparou ele. – Você fez xixi numa *caçamba de lixo*!

Elena ria tanto, que seu estômago doía.

Houve momentos durante a risada em que ela se sentia totalmente miserável e queria chorar – *ela perdeu a coisa toda!* –, mas isso só a fez rir ainda mais.

– O que fazemos agora? – perguntou Gabe. – Voltamos pra rua? Acampamos até a próxima sessão?

– Eu vou pra *casa* – disse Elena. – Vou dormir por doze horas.

– Boa ideia – disse ele, ficando um pouco sóbrio. – Eu também.

Elena olhou para ele. Olhou para o cabelo encaracolado e a barba vermelha. Ela se perguntou qual seria o aspecto dele quando não tivesse dormido na rua por alguns dias. (Saberia disso se tivesse levantado a cabeça na escola.)

– Poderíamos voltar à noite – disse ela. – Talvez possamos pegar os ingressos.

– Na verdade, já tenho ingressos – disse ele, passando as mãos pelo cabelo. – Eu iria voltar às sete e assistir de novo.

– Oh – disse Elena. – Legal.

– Você pode ficar com um...

– Não quero tomar o ingresso de ninguém.

– Era para o meu primo, e ele pode esperar um dia – disse Gabe. – Você está esperando há uma semana.

– Tenho esperado por isso ao longo de toda a minha vida – disse Elena.

Gabe sorriu para ela.

Elena sorriu de volta.

– Te vejo hoje à noite? – ele perguntou.

Ela assentiu.

– O primeiro que chegar entra na fila.

FONTE: Southern
IMPRESSÃO: Assahi